歌集

浜竹《はまたけ》

相原かろ

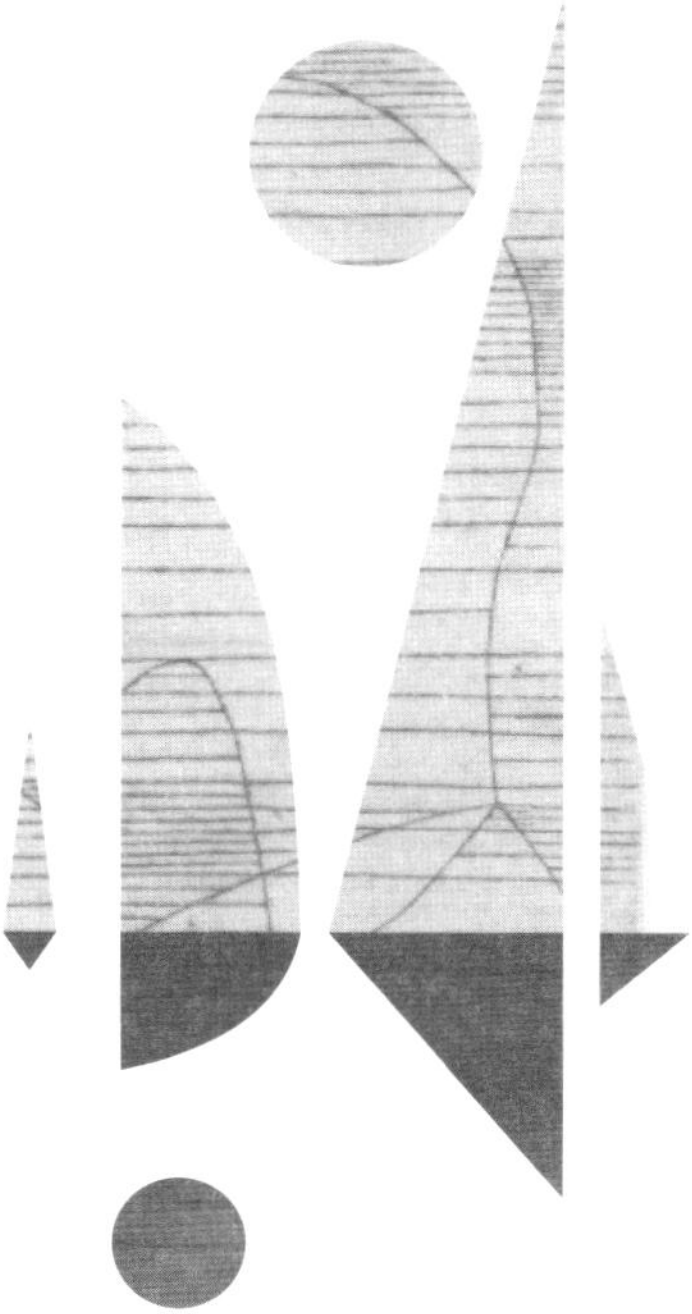

青磁社

浜竹＊目次

Ⅰ　（２００６～２０１０年）

Ⅱ　（２０１１〜２０１４年）

Ⅲ（2015〜2017年）

相原かろ歌集

浜竹

I

２００６～２０１０年

閉じて始まる

くっついた餃子と餃子をはがすとき皮が破れ
るほうの餃子だ

公園で髪を切ってる人がいる切られる人の目
は閉じている

トラックの屋根に積もった雪がいま埼玉県に
入って行きます

あの冬は苺のへたを取るだけの仕事していた
白いもの着て

ばあちゃんの知恵袋の中じいちゃんの袋みた
いなのずたずたにあり

三人が会話していて一人降り降りた一人の話
始まる

上り

満員の電車のなかに頭より上の空間まだ詰め
込める
吊り革を両手で握りうつむいて祈る姿で祈ら
ずなにも

背の高い人の頭に吊り革の輪っかがゆるみ
乗っかっている

おりそうなそぶりを見せておりなくて最後の
駅でいっしょにおりた

空白能力

履歴書の趣味特技欄いっぱいに白いインクで
「詩人」と書かず
煌々とコミュニケーション能力が飛び交う
下で韮になりたい

二分前俺に怒鳴っていた人が電話の穴に謝っ
ている

部屋を出たあとに聞こえる嗤い声いまに見て
いろ歌にしてやる

履歴書の空白期間訊いてくるそのまっとうが
支える御社

小便を仲立ちにしていま俺は便器の水とつな
がっている

縫い付けられている選択

「うちの子がムーミン病になっちゃって」書
架の向こうで人間の声
予備として裏に縫い付けられているボタンが
肌に今は冷たい

内視鏡鼻の穴から突っ込んでモデルの女ずっ
とほほえむ

アンコールし続けている手の平がかゆくてか
ゆくて出てこい早く

階段を松ぼっくりが落ちてきてあと一段の所
で止まる

世を忍ぶ仮の姿も本当の姿であるぞトイレの鏡

男子用公衆トイレ掃除する女性の横で男性はする

植物は声を上げないそのことはいい選択であったと思う

ずっとパン生地

学校の廊下は長いほうがいい青いビー玉転がってくる

グラウンドに白線を引くごろごろの係でずっといたかった秋

家庭科の授業で床にパン生地を落としたこと
はまだ蘇る

公園で空見ているとやって来る布教の人の白
すぎる傘

出て行くやつも測量

椅子の背にタオルを一枚かけますとあなたの
椅子になるわけですね

網目より小さい虫は網戸から入って来ます出
て行くやつもいる

前任の方《かた》は大変いい人であったそうですその
あとの俺

内縁の文字が一瞬肉縁に見えて再び肉に戻ら
ず

測量の人が見ている測量の世界の中を通って
しまう

遠く離れて温めなおす

朝おそく温めなおす味噌汁にみその雲海ひろがってゆく

顔を上げると向かいの席にいる人がまるごと別の人になってた

発掘をする人たちのいる土を遠く離れて俺が
働く

新しい横断歩道のまぶしさが浄化装置のよう
できびしい

今日からは二十五分で一台を作れと言われ作
れてしまう

用水路に膝まで入れた両足が生み出している
水のふくらみ

枇杷の葉のかたさを指でかるく曲げ戻ろうと
する力に触れる

鏡界線

鏡には映りたくないものがたり鏡の裏は神々の村

LAND

はじめから顔を笑顔に固定されネズミーマウス死んでも笑う

ネズミーが自分の頭を取り外し頭の内の熱を見ている

いま闇に点っているのは蚊を落とす装置の赤いランプそれだけ

座布団の角から生えてるふさふさを人差し指に巻き付けてゆく

ねぇねぇねぇ汚れっちまった悲しみを根こそぎ落とすネズミーランド

道で寝る人は少ない地区なのであれは倒れた
人ですランド

け

天野家の札を掲げた黒服の男から出ているの
は息か

川崎家の札を掲げた黒服の男のまぶた開いて
閉じる

杉山家の札を掲げた黒服の男きのうは三好家だった

西條家の札を掲げた黒服の男の影を踏んでゆく影

住職の声が聴き取りづらいので係の人が片手で切った

石垣家の札を掲げた黒服の男の影がここまで
届く

林檎林

てのひらに林檎の影を捧げ持ち日のあるうち
に日のあるほうへ

刃物もて林檎ひらけばふた粒の種もしろじろ
とひらかれている

あかねさす林檎の肩の日だまりを刃物は浅く
そぎとってゆく
とぼとぼと林檎の明かり点しつつ消しつつ歩
く林檎の中を

前向き駐車

グラウンドの少年サッカーの土埃うすーく
なって運ばれてくる

子どもたちのサッカー見てる保護者たち後ろ
姿がとても前向き

サッカーのゴールの網の向こうにも空は続いて雲などもある

グラウンドの周りで俺を遠ざける家族を乗せるタイプの車

通らない時にもレールがあることの表面に降り濡れてゆく雨

夕方の作りもの

屋根のあるプラットホームに屋根のないところがあってそこからが雨

サーカスを家族で見たという過去のだんだん作りものめいてくる

運び去るバスのみいつも見ていたがみのり幼
稚園ここにあるのか

夕方の暗さの中に落ちていて母がテレビに照
らされている

ポケットの中で紙片の手ざわりを小さく固く
折りたたんでゆく

強制的にゴリラ

数取器《カウンター》の押しボタン押す30の0が動いて31となる

映像で紹介される街の声三人きりなり三人の街

よく冷えた電車の中のよく冷えた手すりにおまえ映っているぞ

止まったら強制的に電源を切って再び入れれば直る

幼稚園のゴリラ先生とすれ違うもうゴリラではなくなっていた

桔梗屋

容器からモモッと注ぐ黒蜜を信玄餅のきな粉
がはじく

黒蜜をきな粉になじませようとして蜜の急所
を探してつつく

黒蜜にしぶしぶ馴染むきな粉あり外にこぼれるやつもややあり

扇風機の首振りが来て黒蜜になじんでいないきな粉は飛んだ

月に三回くらい透明

枇杷の種が鹿に似てくる脚や首ひそめてぬらり三匹眠る

電動の鉛筆削りはわたくしの横の一台みな来て削る

第七回海老名市父親大会の鉛筆もあり長さを
変えず

透明なケースに画鋲の犇いてどれもどこにも
刺さっていない

すみません鋏を貸して下さいと月に三回くら
い言われる

網戸越しに見ていた空に網の目がはびこって
もうどうにも網戸

前髪の終わり

上田三四二第一歌集『黙契』の長い長い長い
後記も愛す

前髪がないのに前髪直してる野球部員が電車
の窓に

もうここは朝の終わりの辺りだな吊り革の手
を左に変える

いつもいつもいつのまにかの彼岸花きのうは
なかったはずはなけれど

Ⅱ

2011〜2014年

枝豆拾遺

象の目は濡れていたのか横ざまに倒れたとき
の風はもうない

みぎひだり重なり合うことない耳が傾けてい
るそれぞれの雨

手を合わせ拝んでいたのは何だろうエレベーター
ターの扉が閉ざす

傘に雨感じていたらいにしえの知らないひと
がしみ込んできた

『10月はたそがれの国』原題はThe October
Country

寝かせるとまぶたを閉じる人形のまぶたの裏
はどうすりゃいいの

人形のまぶたのまるみにふり注ぐ熱湯はただ
弾かれるのみ

ふくらみのちょうどよいとこ指が押す枝豆み
どりあらわれにけり

新しい年になったが手のほうが去年の年を書
いてしまった

そのむかし赤ペン先生なる人へ将来の夢告げ
しことあり

送電塔に工事の覆いがかけられて塔の高さが
剝き出しである

逆光の奥から歩いてくる人に近づいてゆく顔持つわれか

絶対に打ち首だよねとわらいあう母と妹アンド煎餅

竹の中を昇ってゆくのは音の水それは言えない竹の上は空

墓場から帰ってきた日の指先に線香の香を確かめている

栞紐がふたりのすきまに降りてきて閉じようとする手までは見えた

友じゃないけどセロテープ

店員の人たちだけで笑い合うその風下で肉蕎麦を食う

セロテープを引いては切ってての音がする仕切りの向こう昼からずっと

すれ違う人それぞれに自意識があるということ
とぬかるみになる

朝朝の電車の中で本を読む人が友だち友じゃ
ないけど

駅前に集まっているタクシーの屋根に映って
いく雲もある

梅の花のすき間に見える空間へ行けたとしたら梅まみれだな

刺さってる生きている

過ぎ去って行くのは私のほうなのに過ぎ去っていく草の原、牛

ミス多きわたくしとして命からなるたけ遠い勤めを望む

歯ブラシが鉛筆立てに刺さってるもう戻れない色になってる

いつかしら杏仁豆腐はなめらかなタイプが主流にクコの実を載す

ぎりぎりに飛び乗ってきた人間の生きている音もろに聴こえる

功罪と胡麻

炎天下を駅まで歩く道の辺にひるがおの花、
花のひるがお

白く白くスズランテープが転がって伸びて行
きます行くところまで

へその胡麻ほじくりすぎて体調を崩したこと
は確かにあった

干瓢の海苔巻き寿司が今更にうまいうまいは
何の変異ぞ

竹だって何がなにやら分からない風にうねっ
ているうちに漠

功罪とまとめられつつ大半のページは罪につ
いてであった

売られて要求する

逆さまに書棚へ戻す人はいる他人はまったく
他人であるよ

「次はしゃけぇ、しゃけぇ」で笑う声はある
我は笑わず社家駅なれば

犬小屋は人家に似せたる悲しさの犬のなまえ
をおもてに記す

「玄関のベタベタ」なるを書き残し母が出か
けてしまったあとだ

暴力の下にて悪は無力だと戦隊モノは連綿と
告げよ

単三のアルカリ電池を六本も要求するとは思えぬチカラ

ノッポンは東京タワーのキャラクターいろいろにされて売られており

知っている、力の強い弱いでは、ない、吸い物の蓋がとれない

下り

照明が点いていないとこんなにも暗い電車に
運ばれていた

なにがなし鼻はしきりと袖口を寄せて灯油の
なごりを求む

吊り革がロシアンルーレットになっているはずはなけれど吊り革の数

親指と人差し指で耳たぶをつまんで下へ引っぱるしばし

電車から見えて見えなくなる町に中の見えない家々も過ぐ

泥だから声がして

すずしろとすずなとだけでふたくさの七草粥
の今年となれり

内側の汚れだったか硝子戸を磨いていくほど
現れてくる

電柱が傾いていてほのぼのと良いのだろうか
傾きは立つ

連結部のきしむ音とは知りながらあえぎ声か
と思ってしまう

整骨院また増えている道すがらガラスガラス
に体が映る

火を貸して下さいという声がして火を持たざれば歩みを止めず

トイレ後に手を洗わない男たち多いと言えばおどろく母は

壜詰めに静かなものをこさえてはこさえてばかりの祖母の壜詰め

落ちるだろう爪のあいだの泥だから髪を洗っ
ているうちにさえ

こんじき

旅館へのシャトルバスとてぼんやりのあわい
に熱海税務署を過ぐ

貫一とお宮についてひととおり話し終えたか
人しずかなり

空気変貌

ジョセンとは女性専用車輌だと思い至れど他
人の会話

サイレンが鳴り出す前はわずかなる空気の引
きがありて怖れる

投票をうながす音声伸びてくる隣の町の町長
選挙の

スケボーの名所に変貌したらしい近所の倉庫
に若いのがいる

カップルののろさに道をふさがれて棒高跳び
のしなりが欲しい

サンドイッチが羨ましかりき母親の作る弁当もっぱら茶色

燃えているりんかくのまま凍らせる力を持たず火と見るばかり

誰かがエリマキトカゲ

電車にて知らない子どもがこねている駄々が
いよいよ人語を越える

反対のホームで誰かが振っている手の楽しさ
を我も通過す

引く紐にあかりを閉じる単純はここちよきもの眠りの前の

缶ビールを缶から飲むにプルトップ鼻に当たっているなと思う

塵取りを持ち上げしなに落ちた葉を拾おうとして別の葉落ちる

折り紙でエリマキトカゲを大量に作りき我は
作れずもはや

吉祥寺

そのかみ「天地創造の創です」と千種創一言
いにけるかも

山椒雨

窓からは雨が向こうのこととして見えてる昼の廊下が暗い

選ばねばドレッシングの三種からウエイトレスの見おろす下に

炊飯器を電車の中でむきだしに抱える人の姿
勢は続く

冷たさを覚悟しながら降ろしゆく駅のベンチ
の固きくぼみへ

山椒が冷凍庫へと移転せり母のためしてガッ
テンゆえに

冬の夜へパン屋の明かり明るくて残り少なき
パンよく見える

くりぬいた目のソネット

鬼だという鬼のお面を作ってはくりぬいた目
の穴から見てた

王将の呼び出しボタンは〈ソネット君〉餃子
の写真がはめ込まれてる

すぼまりて小学生たちの見ていしはカイガラムシのこの密集か

将来をあきらめたふうする日《にち》々《にち》をわれ歯磨きの習いやめえず

路線バスの運転席のうしろより計器類よく働くをみる

いまタヌキ見ましたよねと目を合わす駅の
ホームで知らない人と

近くまでカニカマ

歯科医院待合室で聴かされる音楽われをとくに癒さず

四月なり駅のベンチにあたらしくバナナの皮がくたびれている

ネクタイは柄の不思議よゾウリムシみたいな
やつがむらむら並ぶ

本当のメロンが少し入ってるメロンパンとか
望んでいない

近くまで来たからちょいと寄りましたという
ふうできず連絡はする

カニカマは蟹の代用とかでなくカニカマとして俺は好きだよ

白飯にゴマ塩かけているあいだ安定している我かと思う

そのたびに電車へ吠えるこの犬のあるいはまことなのかもしれず

つねながら駅の蕎麦屋を過ぎるときカレーう
どんの匂いは勝る

少年のころ乗り物に酔いやすく窓から細く息
をしていた

土曜日の駅に膨らむ部活動ジャージ集団あっ
とうてきに

黒鳥

千波湖《せんばこ》のコクチョウ油断しすぎなり陸の上なるわれ近づけて

出来ること一夜干し

スーパーの棚には並ぶ一夜干し　それぞれの
夜遠ざかりつつ

線香の昇るけむりはどこかへの道とは見えず
ほどほどで消ゆ

電線に鳥たちとまるそれぞれの間合いに遠く
納まってみる

湯の中で無数のすね毛わが脛の動くにわずか
遅れてそよぐ

めんつゆ絶えたるのちを

玉入れの玉がくたりと地に落ちてとうとう
じっと砂まみれなり

煎餅を食った証しの明らかにわれ香りつつ応
対に立つ

「めんつゆを取りに来たよ」と妹のマンション前で電話をかけた

まだ氷割れてはおらず我は踏む小学生の絶えたるのちを

通夜振る舞いの煮しめが甘いの辛いのと言いたい俺は何なんだろう

建築の途中をなんだか見てしまう駅から駅へ
歩く眼下に

ぽえむぱろうるボブスレー

つむってるあいだの暗さだけに降る雪なのだ
ろうそれが降ってる

死ののちにちやほやせずに生きているうちに
お金を払ってあげて

そんな国は無かったのだと言われればそうか
もしれぬぽえむぱろうる

寒き地に人集まりてボブスレー四人乗りなる
選択もある

雪の死はいつからだろう既にして見られてし
まった時かもしれぬ

週明けのいつもの道に整骨院つぶれているを
人に言いたし

死はなおも汚されやすく降る雪が白く添うし
かないではないか

燃えやすき平仮名

水面に吸い付きやすく花びらはついぞ流れの底に届かず

原則の禁止を見ると特例のオッケー思う割と多めに

剣道部らしき少女が「不退転」なる文字デカい袋を置きぬ

平仮名が車のナンバープレートにとんと一文字「ぬ」が良し今日は

風などは吹いていないのかもしれず遠くにケヤキ木立が動く

燃えやすき体にせんと日ざかりをユル体操へ
出かけてゆきぬ

先輩風吹いていているなあ吊り革をねじりつつ聞
く右後ろへん

ゴムローラー製造工場就労記抄

ラジカセでサンバ鳴らして踊ってた昼休憩の
マリアもいたよ

犬の中にも西行

クラシカル手法なるほど効果ありいないいな
いばぁ我連発す

「西」と「行」分かれるように「西行」と刻
印された饅頭を割る

親戚の犬が地面に老いている久方ぶりに水を寄せれば

この犬の主《あるじ》この世にもうおらず犬の中にも過ぎるか時は

入れ物に塩満ちている「ヤマビルに注意」の言葉赤きが下に

「それが今の、奥さんです」で結ばれる話を
つまり聞かされていた

横浜駅までスカルノと

コピー機の用紙を補充してもらうあいだが少し恥ずかしく待つ

十三の秋に短く関わりしさては南京玉すだれかも

探偵の広告デヴィ・スカルノと目を合せてる
夜の電車で

拭いている雑巾がまた新たなる汚れひろげて
いる気はしてた

歌唱力以外で予選を通過するのど自慢的風土
も良けれ

大砲はどこかへ向かねばならぬとて横浜駅まで届くとぞ聞く

実るため休んでもいい時間だよ白鷺が来て門は閉じたり

Ⅲ

2015～2017年

いつもよりコウモリ

梅の木から湯気立ちのぼる十二月三十日の晴れてきた朝

中心に指差し入れて真二つに蜜柑を分けるそれから皮へ

言えた気もしないでわれに使われる「閉塞感」はかわいそうなり

幼き日に読みつつ絵本のコウモリの悲しき卑怯ひとごとならず

西比利亜　それから生きていた祖父と金魚屋へ行き見ては帰った

踏切の単位

列のそばへなんか来ている people に観光される They are OTAKU!

憎しみは蜜柑の皮の剝きかたもつかまえてくる季節を越えて

日曜のフードコートに飯を食う家族の単位単
位に酔いぬ

踏切の前で止まっている母を電車の中から見
て通過した

遠ざかる鳥を小さくしては消す目のことわり
にわれは佇む

祖父の死後発見されし短歌にて月並みにわれ
孫やっており

枯れながら生えている草かぜ吹けばうつつに
在りて線路のわきの

さいごの肥後守

遠くへと見やれば夜に渋滞のあかりは我をぼんやりさせる

エクレアを無料券にて購入す有効期限さいごの夜に

いい肉を食べればもたれないものだ起き抜け
のわれものを思うに

この家の木香薔薇は通りへとほったらかしの
感じに溢る

老い人に呼び止められて見せられる手の中の
石まさに石なるを

鉛筆は肥後守《ひごのかみ》もて尖らすとかたくななりしひ
と頃もあり

冬の日の葉のない姿が見えてくる五月のメタ
セコイアの中に

まずいまずい人を小馬鹿にしたような態度だ
なあと思いつつする

むなもとに天道虫がとまりたりいつも通りを
ぼやぼやゆけば

曲がるストローシンパシー

ストローはこんなふうにも曲げるのか曲がる
ストロー曲げられて来る

臆病の傾向ありと甥っ子が決められておりシ
ンパシーは増す

おのおのに尻の大きさ時として七人掛けに七人は無理

先生と普通に話せる子供らをああと見ていた子供の頃も

図書室にオリヅルランを増やしてる人とはなりぬ日月を経て

茶碗蒸し好きの叔父さんと犬

「二年後」とテロップが出る映画とは違うこれからこころが続く

ゴールデン・レトリーバーゆえゴルという名前をつけて叔父さんに犬

にんげんの匂いをどこにしまうのか犬はケモノのにおいに眠る

金持ちも悪くないなと叔父さんの明るい腹を見ては思った

お年玉けっこう呉れるから好きとわれは言わねどお札がきれいで

差し入れはもっぱらビール、餅つきは酒呑みながら豆喰いながら

もち米をつきつつ杵の手ごたえに餅へと変わるしゅんかんが、来た

われだけになりて重たし叔父さんと替わりばんこに受け持ちし杵

江の島のどこかだサザエの壺焼きの香りの中
に叔父さんもいた

ママのいる店でとまどうペリカンをわれは
歌った叔父さんのあと

叔父さんの歌ういとしのエリーとは誰だった
のかレーザーディスク

うちの子は天才かもと妹が言うからこの世に
天才ばかり

金持ちになる予定なきわれとして甥っ子にや
る額を夢想す

二歳児に素通りされて中腰のわれの自意識ス
カスカとなる

高い高いくらいしかない伯父さんに我もつま
りはなったのだけど

伯父さんはなぜ独りかと言われる日来るなら
ば来い　今を知ってる

犬がもし夢を見るならその夢の草地で酔っぱ
らいたち眠れ

目覚めては犬は世界を見はるかす犬のあくび
に消えてゆくもの

海とは知らず仕込中

デビューからずっと応援してますと言ったり
はするおのれのために
買ってきた感じの札は「がんばって仕込中」
とぞ蕎麦屋に下がる

上下とも緑のスーツ着て夢のあがりかまちに
恥ずかしくおり

ユリの名はユレから来てる大正の大震災のと
き腹にいたとぞ

辻堂の海とは知らず知りてまた「浜辺の歌」
をおりおり愛す

LEGO《レゴ》のシャツ着ている松村正直を思い出
すなり夏のすきまに

夢のそとにも降っていたかと覚めぎわを降る
雨の音さかのぼり降る

感性証明写真

証明写真作成小屋から出てこない末路もあるか脚だけ見えて

ひとしきりシカトの語源を想像す他人の会話を離れしのちを

卒塔婆は音立てやすしいつのまに囲まれてい
るぐるりのまわり

声援の声は良きものどこぞから途切れとぎれ
と聞こえてくれば

手の中へ捕まりやすくアマガエル逃れんとす
るこの伸びちぢみ

二歳児へ生きる蛙を近づけて感性なぞを目論むわれか

いい夫婦落ちています

どの冬の道にもあった手袋は落ちていますと
いう姿して

帰るころここは夜道で病院の窓のあかりを遠
く見て過ぐ

いい夫婦パートナー・オブ・ザ・イヤーおの
ずから我が想像は邪悪に遊ぶ

バスはなぜ眠りの匂い最後部座席から見る見
とおし揺れて

甥っ子へ絵本を選んでいるときの我の見た目
を善とは思う

窓は夜ガラスにしろくカメムシの腹が見えて
るいつからのこと

東京歌会吟行

府中競馬正門前行にわれ乗れば即ち到りぬ府中競馬正門前に

馬の名の片仮名ばかりぐるぐるとパドックに吹くケモノの臭い

歩いてる馬はだいたい首垂れて何を見てゆく
馬の目黒く

スタートになかなかつかない馬おりてそのほ
かの馬閉ざされて待つ

ジョッキーの尻の高さの安定は美しく乗り馬
走るなり

そこそこ百鬼

元旦に遠くのサイレン近づいて来そうだった
が来なかった

救われるような気もして文旦の実のさわやか
さずいぶん食べた

元日の路上にそこそこいるスズメ少し羽ばたき垣根に移る

そのむかし砂利を運びし鉄道の相模線なりわれ運ばるる

「NHKひるのいこい」の眠たさのニッポンという異国あるべし

人形でアンコを包み込むこころ人形焼に不思議がやどる

人形に餡は充ちたり断面があらわれるとき見つめてしまう

昼をゆく百鬼あるべし人間に似ていて紫蘇の香りを残す

切符を失くしたゆきやなぎ

口ずさむちあきなおみの「喝采」は二番とな
りてわが口迷う

帰りがけにふたたびを見る木蓮は高きところ
の花ひらきたり

思いがけず許してもらう春の日の切符を失く
した改札口で

ゆきやなぎ高くしだれる空間をわれ歩きたし
左へ渡る

電柱に寿司屋の看板見るのみの「出前迅速」
よきことばなり

歌声を曲がり角にて聞かれたり高校生のカップルなぞに

たちまちに消えてしまいぬ二歳児を黙らせておくラムネの粒は

ミルミルの十円値上げにすり寄って今日は長めの会話ができた

オールヒットステージ全2曲

ステージが競輪場の隅にたち歌うは浅香唯の
ホンモノ

聴いたことあるあるこの曲浅香唯が歌ってた
のか全部を歌う

脳天乾燥剤

食事後に月を見たがる二歳児に引かれて出でし空に月なし

マッチもうまく擦れないのかと人前にわれ侮りし男忘れず

美容院を改装したる中華屋に鏡多くてそここ
こへ映る

階段を昇るといきなり生きている福島瑞穂に
手を取られたり

つくづくとウグイスを聞く職場にて年月は過
ぐ見たことはなく

もみのりの缶の中にて乾燥剤〈シケナイ〉なればその仕事良し

脳天は晒されやすし下りゆくエスカレーター大江戸線の

新しいカレー屋ようよう通りへと香りを流す策に出たらし

床の上へ等間隔に転がされ眠っているなり昼
寝の子らが

スリッパに足入れたれば冷たくて靴下に穴こ
こに空きたり

参加者五名

「ちゅうもり」に聞こえたものは「ちょい盛り」でそれは正式名称であり

「ちょい盛り」と「大盛り」だけの選択肢フライドポテトにしばらく迷う

須《す》賀《か》川《がわ》のガストで歌会やっているジョッキ
ビールを飲むやつもいる

メッセージ込めた花火もまた良けれメッセー
ジあがりメッセージ消ゆ

打ち上がる前に解説流れたり花火のいろいろ
名前を持ちて

デカイやつ来るぞ来るぞと昇りつめ〈時〉は
瞬間そこへと止まる

ここからは見えないのだが釈迦堂川《しゃかどうがわ》が流れて
いると　花火のしたを

如宝寺《にょほうじ》の宝物殿に音声は解説始むわれ立ちた
れば

お宝の「いぼなし鐘」が回転をして銅鐘のイボ無しを見す

小雨降る安積国造《あさかくにつこ》神社にて何も願わずわれ祈りたり

のぞみのキュリー

ベビーカーに乗って通るは山盛りのクロワッサンだ赤子は見えず

町内に床屋が三軒いまここはその三角の真ん中あたり

覚め際に「まもなくオワリ名古屋です」言わなかったかのぞみの声は

ゴキブリの平たい家を組み立てる　足ふきマットを貼る位置がある

竹林が消えているなり墓参り行く途中とて床屋のそばの

餌をやる飼育員ではないけれど缶飲料を補充
する人

見えている側が墓石の表なり水に濡らして色
を濃くする

小学生の頃とて変な感じしたキュリー夫人の
キュリーと夫人

十一月

豪徳寺《ごうとくじ》の招き猫らに頼みたり田中律子に福あれかしと

晴れの日の高田馬場の式場で空色ぴりかの眼鏡が消えた

こすらずに眠る人

口あいて電車に眠る人おれば穴を羽ばたき出づるものあり

多摩川を渡るあいだは目をあげて多摩川を見る　多摩川だなあ

こすらずにキレイになるとあるけれどこんな
気はしたそれでも買った

銀色のボタンを押して蓋が開く炊飯ジャーの
からっぽ静か

たまさか開店直後のデパートでお辞儀連鎖に
われコンパイす

振り込め安倍晋三

パーマ屋をたたみし髭のおじさんと会いたり
賽銭箱のところで

滑舌のなめらかならざるところのみ安倍晋三
を受け入れてみる

バス停のベンチが綺麗になっていた振り込め
詐欺の広告付けて

厨房で何かもめてる中華屋のアンニンドーフ
だけ聴き取れる

冷えやすき背中と思う枝持ちてどんどの熱に
面しておれば

バス停で板チョコ割っては食べている少女は
塾の帰りとみえて
ほとんどが工藤吉生だつぶやきの相原かろを
検索したら

甘美にて美しからず

前に立つ頭に付いていているワタは触れてはならず吹いてはならず

何をなした人にはあらねど曾祖父の曾孫としての我でしかなし

乗り過ごすおそれも淡き甘美にて電車の椅子はあたたかきかな

金銭の衛生的な汚さを母は言いよこす変わらず今も

一日にしばしば生ずる小走りのわれの動きは美しからず

いくひらも土にめり込み梅の花はまだ白くあれば靴うらに踏む

大人六人永久磁石

ヨモギ摘む指に巻きこむ丸みの葉はカラスノ
エンドウ放り捨てたり

三歳の目に見せようと置物のパンダ見にゆく
畑の中の

ぜひ、という顔でもなくて駅前で募集してい
る体験乗馬

KIDS《キッズ》用まちがい探しに難儀する大人六
人、目を動かして

今はまだかわゆしナズナの花白く朝の暗さに
散らばっている

梅干しをふくむと悩みのほとんどはやられて
しまう束の間なれど

黒いものばかりですねと言われたり黒酢とタ
フマン買ったばかりに

腰痛用ベルトの内に秘められし永久磁石にか
すかときめく

旧DNA

文旦を送ってくれる人と会う文旦くれる人は
良きひと

旧タイプを知らねど帰り道に食う新チョココ
ロネは励ます我を

中華屋の壁に皇室カレンダー五月の王は長靴を履く

昼間にはなかったかのよう夜の駅からドクダミの白見えすぎている

アスパラガス採りっきり栽培セミナーの紙読む人も電車は運ぶ

クリームがあふれてあわててエクレアをあっけなき間に食べ終わりたり

屑籠を抱えてうなぎパイを食う土産にもらった一枚きりを

鼻先を納豆の糸ふゆうする我から抜けたDNAっぽく

事実のみ禁止

最近の体温計は速すぎる　感じいってる暇なし終わる

草刈り機が横たえられて初夏《はつなつ》の舗道整備は昼休み中

駅のとこでアイス売ってた　三歳が朝から事
実のみを提示す

差してない人と三人すれちがい四人目が来て
我はたたみぬ

逆境を乗り越えた系は聞きたくなし土産にも
らったから食べてるゆべし

ただ置いてあってぶつかる長靴の倒れやすさ
は倒れてしまう

めったにはテレビに出ないバンドという出し
方もある出ないではなく

聴いてしまうほかなく電気シェーバーの音反
響す駅のトイレで

仏前に西瓜ひと玉すでにあり大きさかたちの
話にもなる

足の爪に届かなくなる日の来るいつか怖くは
なけれど暗むつまさき

立ちションの許可を求めてくる三歳　家では
禁止されている由

まさか助六

虫の音が枕の底からするようで秋の目覚めの
頭に入る

両端に赤く線あるレシートをまさか当たりと
はよろこばねども

スタートのピストル鳴らぬこともあり園児たちみなスタートをせず

ガラポンがタッチパネルになってから当たっちゃう気は激減したり

玄関の前で立ってるピザのひと開かれるまで箱を抱えて

今日はやけにフライドポテトの匂い濃く乗換
駅を足早にゆく

背の高き人が中吊り替えていく天賦の職と天
は言わねど

いくえにも宝を包んでいるような丸さだ鳩の
体が歩く

駅なかを通って見るとき欲しくなる人が買っ
てる助六寿司は

一人のみ成分

剃刀に負けたあたりが顔面の中心となる朝の
しばらく

分からない成分なども見てはみて最上級のユ
ンケルは戻す

いいんです電車の揺れに立ちながらインナー
マッスル鍛えています

二番目に高いユンケル飲み干しぬレシートを
見て効くぞ！と信ず

駅員おらず警備員が一人のみゴミ箱の場所と
か訊かれてる

とどのつまり瞬発力か「必要とされている方」に席譲るのは

霜月の書店に集めて売られてるスノードームを降らせてはみる

桜の眠り

餡パンのへそに桜の塩漬けを配するこころ喉《のみど》をくだる

容赦なき隣のくしゃみで壊滅す終点までのわれの眠りは

命日は普通の日とも思うまで墓場にスズメた
ちだけと居る

歩道橋の段のぼりつつ割れ目から立ち枯れて
いる草を抜きたし

手紙とは違う紙片も入れた気がしてきてポス
トを振り返りみる

後　記

「浜竹」は「はまたけ」と訓み、神奈川県茅ヶ崎市内の地区名である。母方の祖父母が暮らしていた土地で、特にこれといった風景や名所があるわけではない。ただ昔から、簡素な漢字の組合わせと息が抜けていくような音感が私は好きであった。「浜竹」という言葉には、かすかに風が吹いている気配がしないだろうか。いい感じの風が。

浜竹での思い出を元にしている歌はほんの僅かなのであるが、「浜竹」の醸すものにあやかりたい、そんな思いを込めて歌集名とした。

『浜竹』は私の初めての歌集である。二〇〇六年初めから二〇一七年末までの四〇一首を収録した。年齢で言うと二十七歳から三十九歳の期間にあたる。ほとんどの歌は所属する短歌結社誌「塔」に掲載されたものである。それ以外では、「抒情文芸」に投稿したものなどが含まれている。改作・改編は適宜行った。

出版に際し、そして短歌に関わってきたこれまでを振り返り、名前を挙げて感謝したい方が何人もいるのだが、今は私の中だけに記しておこうと思う。もう現世では会えない方々も含めて、たいへんお世話になった。これからもよろしくお願いいたします。

相原　かろ

二〇一九年　春

著者略歴

相原 かろ（あいはら かろ）

一九七八年 秋 神奈川県生まれ。
二〇〇五年 春 雑誌「抒情文芸」に短歌の投稿を始める（選者・河野裕子）。
二〇〇六年 秋 短歌結社「塔」に入会。

塔21世紀叢書第345篇

歌集　浜竹

初版発行日　二〇一九年六月十六日
著　者　相原かろ
定　価　一八〇〇円
発行者　永田　淳
発行所　青磁社
京都市北区上賀茂豊田町四〇－一（〒六〇三－八〇四五）
電話　〇七五－七〇五－二八三八
振替　〇〇九四〇－二－一二四二二四
http://www3.osk.3web.ne.jp/~seijisya/
装　幀　花山周子
印刷・製本　創栄図書印刷

ISBN978-4-86198-425-9 C0092 ¥1800E